留住故事

LA STORIA DI

Capitano Nemo

文景

Horizon

尼摩船长
的故事

［美 国］戴夫·艾格斯 讲述
Dave Eggers

［阿根廷］费比恩·奈格林 插图
Fabian Negrin

焦晓菊 译

上海人民出版社

我名叫康塞尔，你很可能听说过我和"亚伯拉罕·林肯号"上其他人的事情。其实，你听说的很可能大错特错。我来告诉你什么是事实。

这件事发生在去年夏天，当时我十四岁。我的叔叔皮埃尔·阿罗纳克斯是个法国人，几乎到过所有地方。他是一位著名的海洋学家，也就是说，他可以随心所欲地去自己想去的地方，做自己想做的事情，只要是在海里就行。如果他想调查两千年前的船只残骸，他可以去做；如果他想测测马里亚纳海沟有多深，他可以去测；如果他想了解怎样与逆戟鲸交谈，也会有人出资让他去试试。他这个工作可真不赖。

去年，他打电话问我暑假有什么打算。我说我还说不准。我告诉他说我很可能会在本地超市打工，包装食品杂货什么的，不过还没有说定。我住在内布拉斯加州的

7

一个名叫"巴德兰兹"[1]的地方，虽然这个地名听起来很有意思，甚至还有几分危险，但其实根本不是那么回事。它或许是世界上最无聊的地方了。我觉得皮埃尔叔叔有意让我离开这个城市一段时间，于是我说自己还没有安排。

"那好，"他说，"我需要一名助手跟我一同出去跑一趟。最近有多艘船只出事，似乎是被某种海洋动物弄沉了，它可能比有史以来的任何海洋动物都更大、更强壮，我认为我们得调查一下。想一块儿去吗？"

于是我收拾好行李。

我乘火车从奥马哈来到纽约，然后坐出租车越过布鲁克林大桥，来到我和皮埃尔叔叔约好见面的码头。我看到十来个人正在给"亚伯拉罕·林肯号"装货。这艘船是渔船和驱逐舰的混合体，装备了十门加农炮风格的捕鲸炮，还有几张具有工业强度的渔网，面积达数英亩，外加各种小型枪支和火炮，以及六道鱼雷发射管。它是专门建造的，以此对付任何人、任何事物。

1　Badlands，意为贫瘠的土地，荒地。——译者注

"嗨！小伙子！"我听到打招呼的声音，抬头张望。不管在哪里我都听得出那口音——是我的皮埃尔叔叔。我有一年没见他了，他身上又有一道新伤疤。他总是不断增添新伤疤。这一条是在脖子上，他说是被一条赤魟的尾巴划伤的，如果伤口稍微偏离哪怕一毫米，他就没命了。不过，除此之外，他看起来就像一位教授——而且还是文弱型。他个子细高，戴着厚厚的金丝边眼镜。

"你还好吗，小伙子？"他捶捶我的肩膀问。那是他表示欢迎的方式。我回答说自己很好，也捶了捶他的肩膀，又问他说我们是否真要去寻找某种未知的海洋怪物。我承认自己心存疑虑，既怀疑又害怕，还有些兴奋。

　　"我稍后再跟你谈谈它，"他说，"先上船，把你的行李放下，我们吃晚餐时再见面。"说完他就钻进船里消失了。

　　整个下午，船离开纽约时，我都独自一人。我站在船尾，望着这座城市在视野中越变越小，很快我们就来到外海。浪很大，我已经好久没坐船了，因此最初的几小时一直在时不时地翻肠倒肚。这就是扬帆出海的乐趣！

　　到了吃饭时间，我一点胃口都没有，不过，在傍晚六点，我还是跟皮埃尔叔叔以及"林肯号"上的高级船员们一起在餐桌前坐下。他们有男有女，来自世界各地——南非、瑞典、新西兰、英国、意大利和黎巴嫩。这是一个真正的国际团队，很有吸引力，我无法在这里一一介绍他们所有人，但其中有两位值得一提：一位就是船长本人，他名叫法拉格特，是个大约五十岁的美国人，看起来可靠、务实，留着粗粗的黑色髭须，他对寻找怪物这事非常认真；另一位是个大块头的加拿大人，名叫尼德·兰，是捕捉鲸类和其他大型海洋哺乳动物的世界级猎手。他当了三十年的捕鲸人，似乎每一次战斗、每一次杀戮都写在他脸上。他一头红发，面色红润，嘴里的牙齿或断或缺，乱七八糟。

从他俩的交谈中，我了解到我们正在追捕的那头动物的内幕。

"你不知道这件事，因为他们不让它出现在新闻报道中，"皮埃尔叔叔说，"但最近世界各地一直有各种船只被什么东西弄沉。你记得那艘在白令海峡附近发现的俄国渔船吗？"

我点点头，记得几个月前有新闻提到过一艘大型工业渔船被冲上海滩的消息。

"我认识那些人。"法拉格特低头望着自己的盘子说。

"至少有十人失踪，"尼德·兰说，"估计他们全都死了。"

"唉，那只是第一桩怪事，"皮埃尔叔叔继续讲述，"从那以后，此类目击和事故就一直在世界各地层出不穷——太平洋、印度洋和整个大西洋全都有。至少有六艘船神秘地沉没。据说，有些水手在弃船逃生之前看到水面上出现大片磷光；另外一些人确信那是某种潜水艇，但它的移动速度太快，体积也太大，不可能是潜艇。所以现在人人都认定那是一种海洋动物，也许是一只巨型乌贼。但如果是乌贼的话，那它就比人们此前见过的任何乌贼都更大、更强壮。"

"有可能是一群乌贼。"尼德补充道。

我差点把自己嘴里的胡萝卜汁喷了出来。一群巨型乌贼，在全球各地弄沉多艘船只？它们为什么要这么做？它们来自何方？我向皮埃尔叔叔提出一连串的问题。他耐心地作了解答。

"由于北方的海洋一直在变暖，科学家已经发现一些难以置信的巨大乌贼被冲到和漂浮在海面上。这种假设认为，既然海洋在变暖，乌贼的食物就会变化或者死亡，因此它们也会死亡。于是它们就迁徙到别处，寻找新的家园和食物来源。就这样，这些通常幽居深海的动物便突然冒了出来。而它们不顾一切地寻找食物，因此就会攻击自己见到的任何东西。"

我肯定露出一副狐疑的表情，因为皮埃尔叔叔开始为自己辩护起来："你知道我不是那种不切实际的人，对吧，康？"

皮埃尔叔叔叫我"康"，我喜欢这个昵称，比其他亲戚叫我"康妮"好多了。我不知道在你们的语言中是怎样，反正在英语中——尤其是在内布拉斯加——"康妮"是个女人的名字。

不管怎样，我认为皮埃尔叔叔的看法并非不切实际。在科学界，大家都知道他对自己的工作和自己公布的声明都理智而谨慎。他从未在自己没有绝对把握的情况下宣布一种新发现或新理论。因此，听他说他认为横行几大洋的怪兽有可能为巨型乌贼时，我觉得兴奋，也有点害怕。

"好吧，"我说，"有一条巨型乌贼——"

"有可能是数十条——"尼德纠正道。

"对，"我补充说，"可能有数十条，比我们以前见过的任何怪兽都更大、更强壮。它们在全球各地的海洋中不断弄沉各种渔船。而我们就在一艘渔船上，准备去寻找它们？"

"一点都不错。"皮埃尔说。看到我终于明白了这一点，他似乎如释重负。

"可是怎么阻止这条乌贼把我们也弄沉呢？"我问。

"根本没有办法。"他说。

"除了我。"尼德·兰说，他目不转睛地盯着我，"小子，别担心。不管杀死水手的是什么怪物，我都会杀掉它。"

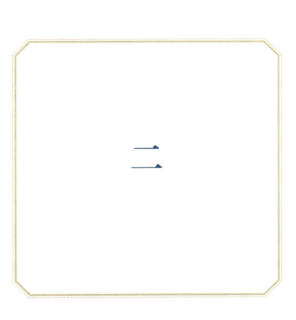

那晚，我闭上眼睛，想象个头有公共汽车那么大、触手有一英里长的乌贼拖着我们沉入海底。我以前见过乌贼移动，不过是在YouTube上。我知道它们能以不可思议的速度和敏捷度运动；它们能够一眨眼就消失得无影无踪，捕捉猎物时快如闪电。就算尼德·兰是猎鲸高手，如果碰到与鲸一般大小的乌贼，他也不是其对手。那晚我睡得不好，此后在"亚伯拉罕·林肯号"上也没睡过一次安稳觉。

幸好，启航后的头一个星期也不需要好好休息。我们没碰到什么事。我们第一个搜索目标是格陵兰岛附近的海域，也就是上次有人见到那只怪兽的地方。显然那里有一艘渔船受到攻击，五个人失踪了。岛屿周围的大海一片蔚蓝，点缀着一座座冰山. 我立刻对一只巨型乌贼如何在这样寒冷的海水中生存感到怀疑。在印度洋里也能看到这种乌贼，那里的水温肯定比这里高个五十华氏度（十摄氏度）。什么样的动物能够承受如此巨大的温差？我没向皮埃尔叔叔提出这个问题。我一直担心自己提出的问题太蠢，其答案过于明显。

于是我们朝着格陵兰西海岸前进，并抵达了努克港。我们泊好船，皮埃尔叔叔就带我去找当地人聊了聊。他们并没有看见那条船遭到攻击，只是发现了它的船体，我们看到它被刺穿了三个洞——全都在右舷一侧。而且每个洞都呈三角形，直径约为十九英寸。这条船的船体为铁板，厚约六英寸。我无法想象有什么野兽能够刺透这样的墙体。

皮埃尔计算了一下。"要刺穿这样的船体，所需的冲力与一辆卡车以两百英里的时速行驶相当。"

"不可能是乌贼干的。"尼德·兰说。

"你说得对，"皮埃尔说，"你是不是跟我想到一块儿了？"

"我想是的。我想到的是独角鲸。"尼德说。

"是的,独角鲸。"

"什么是独角鲸?"我问。

皮埃尔叔叔解释说,独角鲸是一种大型海洋哺乳动物,与海豚有亲缘关系,但比海豚略大——跟白鲸差不多大小。就像白鲸一样,它也有乳白色的光滑皮肤,但独角鲸有个特别之处:它头顶上长着一支长长的角,有些长达五英尺。

"海里的独角兽。"尼德说着,又看了一眼船体侧面被刺穿的地方,仿佛跟我产生了同样的疑问——独角鲸的角是否坚硬到足以刺穿船体?

"如果这是独角鲸干的,"皮埃尔叔叔说,"那么它的角大约比我们已知的鲸角大十倍。"

"而且还坚硬得足以刺穿六英寸厚的铁板。"我指出。

"如果其大小达到标准鲸角的十倍,它就能有那么硬,"皮埃尔说,"如果这条独角鲸以最快速度游动……唔。"听起来,他在解释的过程中就对这种可能性产生了怀疑。

"不管它是什么,"尼德说,"反正我们会杀死它。"

于是我们离开格陵兰,朝下一个目击这种野兽的地方驶去——加拿大的新斯科舍海岸附近。天气恶劣,大海白浪翻滚，我们花了三天时间才赶到。船员士气低落。每个人都脾气暴躁，不断摇晃的船只让我翻肠倒肚吐个不停，吃下的食物最多能在肚子里保留十二分钟。与此同时，尼德·兰也为我们如此慢慢腾腾地追逐那头怪兽而怒气冲冲。

"什么？难道那野兽会在上一次攻击的地点坐等我们到达？"他咆哮道。在他看来，这毫无道理，尤其对一头在全球各地发动攻击的动物来说，从阿根廷海岸到法兰士约瑟夫地群岛，都有其踪影。"为什么它发动攻击之后就在原地等候？这不符合逻辑。"

我不得不承认自己赞同尼德的看法。这头怪兽发动攻击的地点遍布世界各地，它的移动速度似乎很快，而且从不在同一地点发动两次攻击。但法拉格特船长仍坚持原计划不变。

"这是命令。"他说。

于是我们就这样又追踪了两周。每次我们得知有人目击这头怪兽，就会出发赶往那个地方，当然，等我们赶到时，怪兽早已跑得老远，去弄沉另一艘船了。当我们来到加勒比海时，它在巴西；等我们来到巴西时，它在南极洲附近。到现在，我们已经出海差不多一个月了，船员们骚动不安。

大多数时候我们都与陆地遥不可及，甚至看不到一只鸟儿，也闻不到任何文明的气息。白天，我们轮流坐在桅杆上的瞭望台里，寻找怪兽的踪影。更准确地说，是水手们轮流做这件事。谁都觉得我做事靠不住。我无聊透顶，开始觉得内布拉斯加的生活相对来说还有点意思。

但我们仍在继续追踪——来到新斯科舍省、爱尔兰、西班牙海岸，最后来到西非，一艘大型船只最近刚在这里受到攻击。

那条船上有一百二十名男女船员，只有九十人幸免于难。等我们来到塞内加尔海岸时，就跟往常一样，我们没看见那头野兽的任何踪迹。当我们在达喀尔停泊时，只看到一艘船的遗骸，它在几天前被刺穿。这条渔船被怪兽扎透，但没有沉没。根据船员的描述，当时怪兽冲向他们，反复地猛击船体，用一条兽角似的附肢将它刺透。这似乎证实那头野兽的确是某种超级独角鲸。

这条船的船员还算幸运，因为攻击是在相对较浅的水域发生的，他们观察到这头动物在进入城市的视野后撤退，仿佛它有些害羞，仿佛它不愿在白天被人看到。达喀尔的少数市民从位于市中心的高层建筑上看到了它。他们证实怪兽似乎注意到自己已经暴露，然后便迅速消失在海面之下。

"难道这头大开杀戒的海洋怪兽有旷野恐惧症？"尼德问。

"就目前而言，"我叔叔说，"这样的推测也不无道理。"

正在这时，一名船员给船长带来一条紧急消息。就在我们南边一百英里远的地方，有人看到了那头怪兽。我们冲向"林肯号"，立刻出发了。

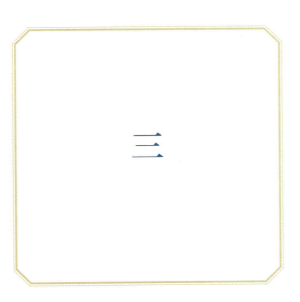

我们航行了整整一个下午，于傍晚时分抵达一只小渔船看到那头怪兽的坐标处。那天晚上特别黑——没有月亮，也没有星星。一如往常，我们没发现怪兽留下的任何踪迹。

然后它突然出现了。

一名监测员从桅杆上的瞭望台里大叫着报告这个消息："船长！我们正前方有东西！"

船上的全体船员都跑到船首。船长、高级船员、技工、水手和乘务员全过来了——甚至轮机舱的人也跑了出来。所有人都聚在一起，注视着黑暗的深处，想看看那位鱼叉手发现了什么。船长通过无线电与控制室联系。

"你们在雷达上看到什么没？"

"没有。"技术员回答说。

不管那东西是什么，它都无影无踪。我们全都瞪着黑咕隆咚的大海，寻找任何移动的迹象。周围一片漆黑，在这样的黑暗中，不管多大的东西，人似乎都不可能看到。

但随后我看到它了，因为它开始发光。起初它就像水下发出的幽暗光芒，接着它变成海面上的一块光毯。蜜黄色的磷光暴露了那头动物的形状——是一个庞大的椭圆形，至少有二百英尺长。它位于我们前方约五百英尺处，似乎正在像导弹那样瞄准"林肯号"。

"我们怎么办？"一名船员问道。

法拉格特似乎说不出话来。

"我知道自己该怎么办，"尼德·兰说，"我去把火箭筒扛来，将那东西从水旦轰出来。"

"不，"法拉格特说，"等等，至少看看它是怎样移动的。"

我们不必等待很久。仿佛听到了法拉格特的提议，它突然直直地冲着我们的船加速驶来。它不断加速，直到时速达到五十五英里左右。看来它撞上我们是不可避免的了。如果被撞，我们的船就会沉没。我扭头张望，寻找离我最近的救生艇。

但就在它快撞上我们的一刹那，它却改变方向，如同一条最敏捷的鱼儿，在千钧一发之际，猛地一拐，从我们的

船边掠了过去——恰似水流中的一根树棍绕过嵌入河床的石头。

我简直无法相信自己的眼睛。它比我在海里见过的任何东西都更快。唯一能与它相提并论的是箭鱼。它甚至快过鲨鱼和梭鱼。此刻，它已将我们远远甩在身后，游到一英里外去了，不过我们仍然能够看到它。它在海里留下一条磷光尾迹。然后，仿佛是故意让我们追上去，它停了下来。我们的船加快速度，开始追赶。

随后的十四个小时里，我们持续追逐，肯定是足足追了三百英里。我们以三十节的航速追击，然后是二十节、十五节。我们望着它以我们难以企及的速度扬长而去，然后又逐渐减慢，仿佛在测试我们的速度，弄清我们的极限后，又让我们追了上去。我们望着它消失在水面之下，结果却在十分钟后再次出现，把水溅到一百英尺高的空中。整个晚上，以及第二天上午和下午，我们都一直穷追不舍。原本这一天应该充满狩猎的刺激，以及观看一头调皮动物的乐趣——但我们知道，这头怪兽会随时掉头，直接攻击我们。它到底在等什么？

我们很快就明白过来。夕阳西下，我们来到大西洋中央。那家伙的磷光再次出现在水面上。如果我没猜错，我认为这头怪兽并不希望人们在白天过于靠近观察它——正如它不希望过于靠近达喀尔城被人看到一样。但随着夜色渐浓，怪兽让我们赶了上去。它正以五十节左右的航速向南游去，我们越追越近。每靠近它一海里，尼德就变得越发兴奋。他站到那门巨型捕鲸炮后，这门大炮能够以子弹般的速度发射鱼叉，造成的破坏却比子弹大得多。

"快点！"他喊道，"再靠近一点点！"

我们终于追到射程之内。

"哟呼！"尼德大叫着发射出第一枚鱼叉。

它以火箭般的速度从船里飞射而出，正中目标，恰好击中那家伙的背部中央，溅起一大片水花，我无法一下子看清到底发生了什么，但我听见一声巨大的撞击声。我确信鱼叉击中了怪兽，肯定刺穿了它的皮肤。那声音令人毛骨悚然，就像汽车相撞的声音，就像死亡的声音。

可是，等到水花散尽，我们却压根看不到鱼叉的踪影。只有那条金属线穿过海浪，悲哀地伸进海里。

"怎么回事？"我问。

"被直接弹飞了。"法拉格特说。

"不可能!"尼德说。

"加速。"法拉格特命令船只继续追赶那头怪兽,很快它就再次进入我们的射程。尼德再次以喷气式飞机的速度,朝着那头怪兽直直地射出鱼叉。可是,当水花消散后,我们再次看到鱼叉没造成任何破坏。水面上连一丝痕迹都没有。

船上的所有人都目瞪口呆。我们面面相觑,不知道接下来该如何行动。也许发射一枚鱼雷?也许发射一枚火箭弹?

但我们没有多少时间考虑这个,因为就在这时,那头怪

兽掉转身体，快得如同一条海豚，不等我们大喊一声"当心！！"，它已经朝我们的船猛撞过来，就仿佛世界的轴心抛向了空中。我发现自己朝后方的甲板滑了下去，撞上一些绳索、椅子和一条管道。船员们四处忙乱，想让船只恢复原位。一连串的报告和命令传来传去。"它撞坏了船舵！""引擎受到破坏！"船上火光四起。船体疯狂地摇摆、震动，等它暂时恢复正常位置后，我却从船上被抛了出去。

31

四

我直落三十英尺，掉进大西洋。海水冰冷，海浪翻滚，来自内布拉斯加的我水性并不太好。我耳朵里只剩下"林肯号"的引擎声，它正在疯狂地逃窜——尽管它无疑希望留下来，将掉入水里的人全都救上来，但它别无选择，只能在没有船舵的情况下，加大马力继续逃跑。

我踩着水，寻找任何可让我抓住的木头。但周围什么都没有，我顶多只能看到前方一英尺远的地方。我知道这片水域有鲨鱼，预计自己的腿随时会被一头大白鲨的下颚撕掉。

我不指望自己能活多久。

接着我听到一个声音。

"康塞尔！康塞尔！"

是我的叔叔皮埃尔。

"你在哪里？"我大叫道。

"在这里。顺着我的声音游过来。"

他继续呼唤，我朝他的声音游了过去。周围漆黑一片，不等我反应过来，我就一头撞上了他。

"谢天谢地你还活着，"他说，"要不然你父母非杀了我不可。"

在我一生中，我有好多次都为看到皮埃尔叔叔而兴高采烈，但从未像那晚见到他时那么高兴。如果没有他，我肯定已经被淹死了。

"你最好脱掉衣服。"他说。

瞧，我不知道该这么做。如果你在夜里穿着一身衣服掉进大西洋中央，我不知道你应该把衣服脱掉。我照他说的做了，立刻感觉自己轻了五十磅。

皮埃尔叔叔正紧紧抓住一只救生圈，那是在船被怪兽撞得倒立起来时掉落的。随后我们轮流抓住救生圈，就这样过了一小时左右。在此期间，我仍然惊恐万分，

担心我们随时会被一条鲨鱼或逆戟鲸吃掉。就在这时，我们听到另一个声音，那声音会让我俩获救。

"这里有人吗？"

是尼德·兰。

再一次，我们循声找到对方。我们朝尼德游去，很快就找到了他，至少是找到了他的侧影。那影子并不像我们这样漂在水里。恰恰相反，尼德似乎坐在一块岩石上。

"那是什么？"我问。

他倒也直截了当。"就是那头畜生。"

皮埃尔叔叔和我大吃一惊。我们还以为这时怪兽和"林肯号"已经跑得老远，继续它们之间的战斗了。没想到这野兽依然在这里，居然像块石头那样一动不动？

"我知道这就是它。"尼德说，"我永远不会忘记一头海洋怪兽的皮摸起来是什么感觉。这就是我用鱼叉击中的家伙。这就是那个攻击我们的家伙。快上来。"

我们扔掉救生圈，爬了上去。这家伙就像石头一样坚硬，露出海面约三英尺。我们就像骑马那样骑在它背上。显然这就是那家伙的背，我们正骑在它的脊梁上。照理说，待在一头杀死那么多人的动物背上，我早就吓得半死了，但我此时筋疲力尽，很高兴能从水里爬出来，心里产生一种怪异的感激之情。

"等等，"我说，终于注意到它的表面，"这不是动物。这不是有机物，这是金属。"

"是的，我注意到了。"尼德说，仿佛我终于注意到某个显而易见的事实。

皮埃尔叔叔也在细细查看，"这是某种类型的潜艇。"

尼德和皮埃尔叔叔将他俩的推测综合起来。显然，在全球各地造成所有那些破坏的是一艘人造舰船。这其中隐藏的含义令人费解，但却显得更为合理。毕竟，迫害是人类的专长。什么动物能够猎杀一条接一条的船只，仿佛有预谋一般？现在我们知道它是人造物，这么一来似乎就说得通了。

"很抱歉打断你们的谈话，"我说，"但如果这东西潜入水里，那会怎样？"

"提得好。"尼德说着，开始捶击这台机器表面，听起来就像用一只卡通橡胶鸡敲打一座摩天大楼的侧面。但我们别无选择，只能冒险试试。在随后的两小时里，我们仨在这艘

潜艇背上走来走去，跺脚，敲打，大声尖叫。

"等等。如果他们让我们进去，那又会怎样？"我问。

"什么意思？"皮埃尔叔叔说。

"我的意思是，弄沉半打船只并且昨晚想把我们弄沉的不就是他们吗？难道他们不会杀掉我们？"

尼德的回答是："如果我们在大西洋里泡更久，就会死掉。瞧，横竖都是死路一条！"

远处，我看到海面上冒出几个低矮的三角形。"那些是鲨鱼吗？"我问。

"肯定不是大熊猫。"尼德回答。

于是我们又回云继续敲敲打打。鲨鱼们越靠越近，开始围着我们转圈。它们至少有四条，似乎正在制订攻击计划。我想象它们在水下分配任务，各自负责攻击我们中的一个。它们正舔着自己的血盆大口，商量着把我们分掉。

　　正当它们貌似在制订战略计划时，潜艇尾部传来"嘶嘶"的声音。一个入口打开了，八个人就像一窝离巢的蜜蜂，迅速钻了出来，个个身着黑衣，配备了怪异的武器，将我们围了起来，押着我们穿过那个入口，朝我们后脑勺上闷头一棍，将我们打晕过去。

五

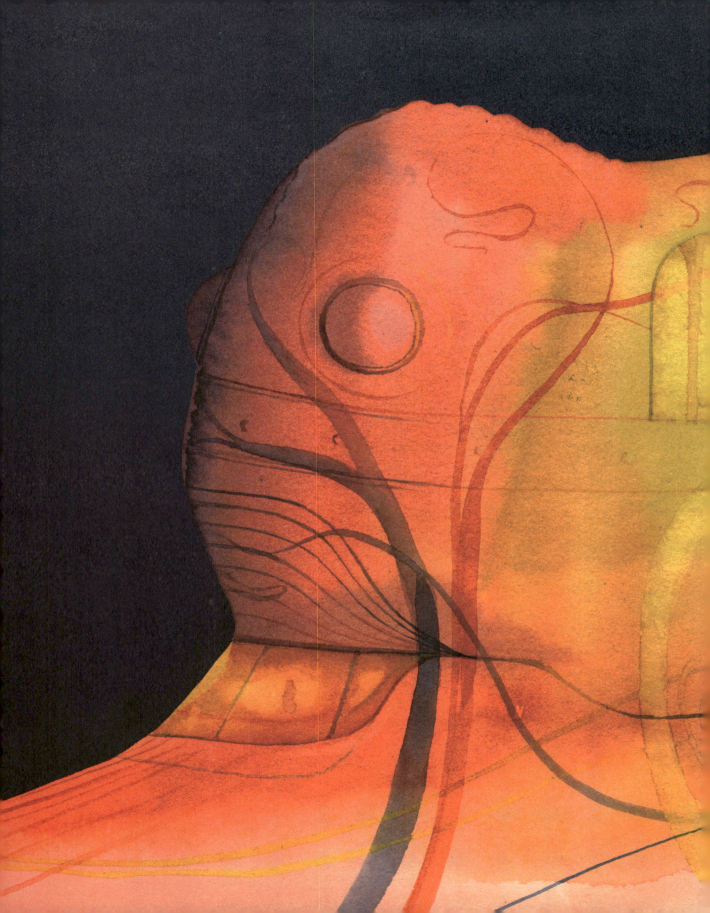

等我苏醒过来，我发现自己在一个黑暗的空间里，什么都看不见——四周没有一丝光亮。我倒没觉得有什么大惊小怪的，毕竟我们在一条潜艇内。但过了几分钟，房间里出现了微弱的光线网。就仿佛光线勾勒出了这个空间的轮廓——它们顺着墙壁和天花板延伸，画出房间的外形。这是一种奇怪的光——有点像电流，但又比电流更流畅、更透明，呈现出蜜黄色。

我能够看清皮埃尔叔叔就在房间里，尼德·兰也是。他们也慢慢苏醒过来，尼德摸着自己的头。

"你没事吧？"我问。

"我的脑袋痛死了。我非杀掉那些敲我头的人不可。"

"镇静！尼德。"皮埃尔叔叔说，"你没法杀掉这艘潜艇上的所有人。我们必须保持冷静，弄清我们的位置和这些人的身份。"

就在这时，两个人走进船舱。他们穿着类似于潜水服的衣服，但似乎是用有机材料做的——光滑闪亮，而且很薄。这种材料覆盖了两人的整个身体，包括头发和大部分面孔，只露出眼睛。他们就像阴险的人形海豹。

他们对我们说着什么，但我听不懂那种语言。

"抱歉，你说什么？"我说。

他们又说了一遍，但那些词语听起来毫无意义。

我们挨个使用自己知道的每一种语言同他们说话——英语、法语、西班牙语、汉语、意大利语、葡萄牙语，甚至还有冰岛语——但他们只是一脸困惑地站在那里，然后他们就离开了。

几分钟后，另外两个穿着海豹皮潜水服的人走了进来。其中一个手里拿着三套给我们穿的衣服，另一个带来几盘食物——鱼、海藻和一些我从未见过的东西。我们饥不择食，问都没问就把它们一扫而空。我得说它们的味道不错。但饿成那个样子，我什么都吃得下。

我们吃饭时，又有一个人走进舱来。他的衣着跟其他人相同，但面部露了出来。他留着浓密的黑色髭须，黑黑的眼睛，高高的额头。他大约有六十岁，但身体强壮、健康——看起来当然比我们健康多了。

他在那里站了一会儿，我们什么都没说。我们还以为他像其他船员一样，说一些我们听不懂的语言。不过，等他开口说话时，我们听到的却是一口纯正的英语。

"食物如何？"他问。

冷不丁听到自己的语言，我惊讶得差点被噎住。

"你是谁？"皮埃尔叔叔问，"我们在哪里？"

"还有，你为什么把我们关在这里？"尼德厉声喝道。

"我会首先回答第一个问题，"那个留着髭须的人说，"你们可以叫我'尼摩船长'。你们在'鹦鹉螺号'上，这是我自己发明的船只。"

"你想把我们怎样？"

"我想把你们留在这里。"尼摩回答。

"我要求你放我们走。"皮埃尔说。

听到他这句话，尼摩船长笑了起来——那是一声沉闷的大笑。

这时尼德的脸变得越来越红了。我知道他要说一些很冲的话，果不其然。"你最好让我们出去，你这个王八蛋。"

"我不会那么做，"尼摩说，"因为你们攻击我的船。"

"你杀死了好几十个人，我会杀掉你。"尼德怒吼着，冲向尼摩。尼德是个大块头，而且非常强壮，但尼摩轻轻松松就将他制服了。尼摩往旁边一闪，将尼德朝他身后的一堵墙推去，很快尼德的胳膊就被一种我从未见过的枷锁铐住了。听到骚动声，两名船员走进船舱，把尼德带走，留下我俩与尼摩在一起。

"他是你们的朋友？"尼摩问。

我决定让支埃尔叔叔处理这种情况。我知道他在历次冒险中曾多次被海盗劫持，而他总能设法逃脱或通过谈判获释。我急不可耐地想看看他如何对付这个怪怪的尼摩船长。"先生，您打算无限期地监禁我们吗？"他问。

"问得好，而且措辞很有礼貌，"尼摩说，"谢谢你。我的答案是肯定的。只要你们表现得好，而且遵守'鹦鹉螺号'的规章制度，我就打算把你们留在这里。"

"可是先生，"皮埃尔叔叔表示反对，"您肯定不能把我们永远关在这里。我们不是您的囚犯。发生了这么多沉船事故，我们是被一个国际代表团派来调查原因的。您瞧，我们已经出海差不多一个月。现在我们找到了你们，看起来这艘船似乎有能力发动那些攻击。我们有权调查那些攻击事件，我希望您对这一点没有异议。"

"你说的看似很公平。但你们却试图击沉我的船，根据战争规则，你们是我的敌人，我能够把你们关到战争结束。"

"战争？"皮埃尔说，"什么战争？"

"啊，人类与海洋之间的战争！"尼摩说，"你看不出来吗？我是海洋的保护者！你，阿罗纳克斯教授，作为一位科学家，应该知道我在做什么以及为什么要这么做。"

皮埃尔叔叔感到怀疑，"您知道我是谁？"

"我当然知道，"尼摩说，"我是一个受过教育的人，我读过你的所有著作。你对蝠鲼交配习性的研究尤其具有敏锐的判断力。或许我可以对你文章中的一些细节吹毛求疵，但那又何必呢？你的工作做得很好，我很高兴你在这里。有另一位杰出人士待在船上，这给我带来极大的乐趣。你们想看看我的图书馆吗？"

我看得出来，皮埃尔叔叔左右为难。他在同一个很可能杀死了数十名无辜者的凶手说话，但他又对此人的才智产生了兴趣，被他的奉承话所诱惑。

我决定替他作出决定。我寻思，如果我们真打算逃跑，就需要尽可能多地了解这艘船上的情况。

"我想看看你的图书馆。"我说。

"很好。"尼摩说，然后就带着我们出了船舱，顺着一条走廊走去。离开我们那间黑漆漆的舱室后，这是我在这条船上看到的第一样东西。我一眼就看出来了，这条船或潜艇，或者其他什么东西，是由一个独出心裁的大脑设计和建造的。它的走廊比标准的潜艇更高，其细节和各种固定装置颇有装饰性，灵感来自复杂而对称的有机体，总体而言比普通潜艇更漂亮也更精致。它看起来就像一座19世纪的豪华酒店，但也有现代化的机械和电子设备，远比核潜艇更先进。

走进图书馆，皮埃尔叔叔和我同时大吃一惊。它堪与世界上最伟大的图书馆相媲美。里面肯定有上万册藏书——还有各种罕见的人工制品，以及数十种被修复得精美绝伦的海洋生物骨架。外加各种地图、精密仪器、贝壳和太多太多其他有趣的玩意儿和工具。图书馆的角落里放着一架漂亮的管风琴，它外面镶嵌着金银装饰。这个房间既是科技图书馆，也是知识宝库。我能在里面待上一年。

"这是你的著作。"尼摩说着,从书架上抽出皮埃尔叔叔那本研究蝙鲼繁殖的专著,"能为我签个名吗?"

皮埃尔差点脸红了,居然受到一个比他更渊博的人赞美,他感到受宠若惊。他为尼摩在那本书上签了名,又把书递回去。这个时候,皮埃尔叔叔的脸似乎又由骄傲变成羞愧。他居然受到一个凶手的奉承!

不过话又说回来,尼摩未必就是凶手。我们还没有确凿的证据。毕竟,是我们先攻击他的船,而且是自己掉进了大西洋里。他并没有弄沉"林肯号",实际上还救了我们一命。也许我们完全冤枉了他?

"尼摩,"皮埃尔说,"我必须问问你到底是谁、在海里做什么。我的意思是,这条船如此先进。在我见过的同类图书馆中,这个图书馆也是首屈一指。你是怎样做到这些的?你的目标是什么?最重要的是,发生了这么多造成大量人员伤亡的沉船事件,我必须知道你是不是幕后主使。"

"我亲爱的皮埃尔,"尼摩朝他迈步走来,"我知道我们会成为好朋友的。你的大脑如同珍宝,我们有很多事情要讨论。但目前你们需要休息。让我们早上再讨论那些更重要的问题。"

他说完这通话，两名船员就走进图书馆，带着我们出去了。我们获得一套新的舱室——舒适的房间里有两张床、干净的被单和我们可能需要的其他日常用品。我们安顿好之后，两名船员就离开了房间，并把我们锁在了里面。

六

第二天早上，有人从我们的舱门下塞进一张卡片。

上面写着："尼摩船长恭请二位一同参加一次水下探险和发现之旅。"

卡片是镌版制作的，就像结婚请柬一样精美。

"非常古怪。"皮埃尔说。

不过，就像我们发现"鹦鹉螺号"后碰到、得到的其他一切，我们对此并没有多少选择。自从尼德·兰被拖走之后，我们就再没见过他，只希望他获得我们这么好的待遇。我们在房间里吃过另一顿可口的饭菜后，船员就带我们来到一个奇怪的隔间。一道巨大的门表明我们在水下，因为有三只粉红色的大型水母从窗外跳过。顺着小隔间的墙壁，摆放着几套船员们穿的海豹皮潜水服。地板

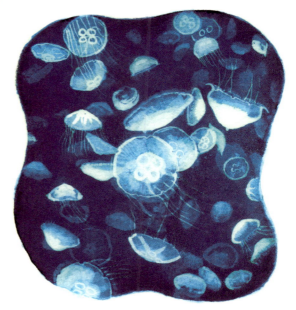

上有两双脚蹼。就像那些海豹皮服装一样，它们也像更完美的有机潜水脚蹼。

"啊，你们来了！"尼摩说着，从我们背后冒了出来，"穿上潜水服，我的船员会确保它们都非常合身。"

我玩过几次水肺潜水，自以为对水下呼吸略知一二。但尼摩给我们的潜水服跟我以前见过的毫无共同之处。就像船员们的潜水服一样，它们看起来也是用生物材料制成，似乎是用结实的海草将海豹皮缝起来做的。我们穿上自己的潜水服，我得说它们古怪得不可思议，感觉就像在自己的皮肤外罩上一层更光滑、结实的皮。船员为我们戴上某种怪异的头盔——像是标准的水肺潜水面罩，但更轻巧，也更合体。在我们穿上脚蹼后，尼摩看起来十分满意。

"我会在海里与你们碰头的。"他说。

"等等！"我叫道，"我们怎样呼吸呢？"

"当然是透过那条连接到潜水服上的管子。还能怎样？"他说。

我看到潜水服胸部上连着一条
管子，就像拉链一样细。

"可是氧气罐在哪儿呢？"我问。

"你不需要氧气罐。"尼摩回答。

说着，他按了一个按钮，打开一扇
门，露出我们旁边另一个更小的隔间。
他走了进去，门在他身后关上。几秒
钟后，我们看到他从门外游过。我们
此刻所在之处显然是个能密封的舱
室，而旁边的隔间则是通往海洋的
通道。待在这么深的水里——我们
无法弄清到底有多深——我感到
害怕；而且那些巨型水母看起来
也不太友好——但我知道
皮埃尔叔叔想跟着
尼摩一探究竟，
我别无选择，也只
好跟着。

船员指引我们进入第二个隔间，几秒钟后，那道钢铁大门再次关闭，而通往大海的门打开了。我将那根管子放进嘴里，离开了"鹦鹉螺号"，立刻就在大西洋最深的水域随心所欲地游动起来，呼吸也轻松自如。尽管我惊慌失措了几秒钟，担心这是尼摩设下的圈套，但我很快发现，穿着尼摩提供的潜水服呼吸就跟在空气中呼吸差不多，只是感觉更潮湿一些，但除此之外一切都很正常。我猜尼摩可能是有史以来最伟大的科学家之一。他躲在水下做什么呢？为什么他远离尘世？我想不明白。如果人类能够利用他的发明该多好！

　　他在我们前方游动，比我见过的任何人都游得更快。现在我看到他的潜水服上装的不是一双脚蹼，而是一只。他的双腿都在一条尾巴内，就像美人鱼一样，他如此娴熟地使用这条尾巴，因此移动起来就像鲨鱼或海豚一样快。实际上，一对海豚恰好这时从旁边游过，尼摩仿佛想炫耀一番，便跟着它们游了过去，轻轻松松就赶上了它们。两条海豚似乎很喜欢这项挑战，很快转过身来，想看看尼摩能否像它们那样灵活地掉头。他证明自己能够做到。它们以惊人的速度从我头顶上游过——在陆地上，其速度能达到每小时四十英里。

很快海豚们就游走了，尼摩回到我们身边，希望给我们留下深刻印象。我们也确实印象深刻。

他点头示意我们跟上去。我们朝着"鹦鹉螺号"游去，三名船员在那里等着，扛着几件看似大型的鱼叉式武器。尼摩从他们手里接过一件，大小和形状都跟肩扛式榴弹发射器差不多。他示意我们也拿起武器，我们很不情愿地照做了。然后他向下一指，那里似乎有一大片茂密的水下丛林。

到这时，我不得不承认自己兴奋至极。我乐意相信尼摩知道自己在做什么、不会故意把我们引入致命的危险环境；但与此同时，我又依然怀疑他正等待时机杀死我们或眼看着我们被杀死。也许这些海草中潜伏着一条能致人死命的乌贼？也许我们很快就会被一只巨型蛤蜊吞噬？我觉得他什么都可能做出来。

来到那个水下丛林，我发现那里的海藻高如巨杉，茎秆高达一百英尺，叶子长达二十英尺。我从未见过长度超过十英尺的海藻。如果说普通海藻是小鱼的栖身之所，那么这么高的海藻意味着什么？什么鱼类会以此为家？我设法尽量靠近尼摩。我担心那些海藻叶子中会随时露出一张血盆大口，两口就将我们吞掉。

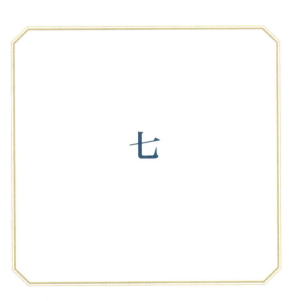

七

但尼摩却另有想法。其实这是一次狩猎，而人——某个人，也就是尼摩——将大获全胜。我们游过那些五颜六色的植物，进入下方一条海沟，那里的植物开始发出灯笼鱼之类的生物所具有的磷光。突然，尼摩举起一只手，示意我们停下来。他指着自己前面。一开始我们什么都看不到。但在眼睛习惯了这里的黑暗后，我看到一个模模糊糊的形状。

它很大，像鬼魂一样白，头顶上有一只长长的角。不用说我也知道它是什么。我立刻明白过来，自己正望着一头独角鲸。它的个头是我见过或听说过的任何独角鲸的两倍，足足有四十英尺长，这还没算那条十五英尺长的角。

皮埃尔叔叔扭过头，睁大眼睛望着我。我看得出来，在他见过的独角鲸中，这也是最大的。如果他能为这头野兽拍张照片，或者拍一段录像，那他将成为科学界备受推崇的人。他将改变海洋生物学和海洋学领域。

但这样的事情不会发生。就在此时，我们看到这头动物开始退缩，它的目光变得狂乱起来。然后，我看到它的身体侧面被一只巨型鱼叉钩住，那只鱼叉跟尼摩的枪相连。尼摩看看我们，露出愉快的表情。看到我们一脸恐惧，他似乎有些吃惊。

几秒钟内，三名船员又向那条独角鲸发射了两枚鱼叉，将它裹在一个紧密的渔网中。他们拖着这头捕获的猎物游回潜艇。而尼摩再次射击，这次击中一条漂亮的吸血鬼乌贼，它身上的色彩起伏如波浪。就像那头独角鲸一样，它挣扎着，摇摆身体，但很快便不再动弹。几名船员再次游出来拖走了猎物。接下来的两小时就这样度过了。尼摩击中一条箭鱼、一条双髻角鲨、一只巨大的海马，最令人震惊的是，他居然杀掉了其中一条在我们开始探险时曾与他戏耍比赛的海豚。我被恶心到了。

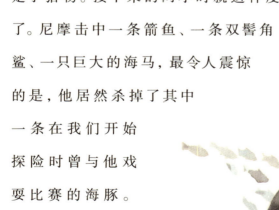

　　回到"鹦鹉螺号"上，皮埃尔叔叔怒不可遏，并且向尼摩表达了出来。我们刚换下自己的海豹皮潜水服——现在我意识到它很可能真是用海豹皮做的——皮埃尔叔叔就跟尼摩杠上了。

　　"你们在外面干了些什么？你怎么忍心杀死如此美丽的动物？"

　　"抱歉，你说什么？"

　　"你是某种类型的猎人吗？对你来说这只是一项运动？"

"运动？你把这称为'运动'！不，这是必需品。如果我们不接受海洋的慷慨馈赠，那我们吃什么？你们吃我提供的食物已经好几天，你以为它们是用什么做的？"

皮埃尔叔叔大发雷霆，"就算不去猎杀巨大的独角鲸、双髻角鲨和其他稀有物种，大海肯定也能提供足够的食物。"

"你把自己称为科学家？你是个傻瓜。我猎杀的只是少量鱼类，刚够我们吃。请你告诉我，有节制地收获少数有机体供我的船员食用，这与世界渔业在海里的大规模破坏性捕捞是不是有区别？我是在谨小慎微、深谋远虑地剔除海里的部分动物。竭泽而渔的是那些公司化的大型渔业企业。"

"现在我才知道是你干的。"皮埃尔叔叔眯缝着眼睛说。

"当然是我干的！"尼摩咆哮着，"地球上再没有其他人有我这样的聪明才智去做那些事。没人拥有那样的勇气。"

到这时我才恍然大悟。弄沉那些船的正是尼摩。因为它们全是渔船，全都在进行无节制的捕捞。在此之前，我都没意识到那些船之间有什么联系。它们全都参与了大规模的渔业捕捞——是一些拖网渔船，工厂式的渔船。

"是你杀死了那些人，"皮埃尔叔叔说，"他们全都是无辜的男男女女。"

"无辜！"尼摩咬牙切齿地说出那个词，"无辜？你怎么能把那些屠夫、那些劫掠者说成是无辜者？他们杀死了全球90％的珊瑚。他们将成百上千的物种逼入濒临灭绝的境地！整个海洋生态系统都已经改变。世界上的绝大多数渔场都已枯竭。大海受到污染，一片荒芜，遭到压榨，毁于一旦！这全都是他们的错。"

"但你也在杀戮。"

"仅在万不得已时。"

"你通过杀人来向世人证明杀戮是错误的。"

"只有这样你们人类才会明白。"

"但你自己也是人类。"

"也许是。也许不是。"

"的确，也许不是。人类有同情心，而你却没有。"

在那一刻，皮埃尔和尼摩都瞪着对方，在尼摩的沉默中，在尼摩的无言以对中，皮埃尔窥见了他灵魂中隐藏的一面。

"你到底遭遇过什么？你遇到了什么事情？"

"你永远不会理解。"尼摩说。

然后尼摩愤怒的脸上浮现出一副新的面容，像是默认，像是悔恨。皮埃尔叔叔的话似乎击中了要害——不管尼摩表面上多么信心满满、义正辞严，他心里并不是那么自信。或许他也拿不准他是否知道自己在做什么。但那一丝疑虑仅从他脸上一闪而过，他恢复了先前那种克制且自以为是的愤怒。

"我就是法律，我就是法官！我是迫不得已，他们才是步步紧逼！将他俩与另外那只动物关在一起。"他对手下说了这句话，就怒气冲冲地扬长而去了。

皮埃尔叔叔和我被带进大厅，这次我们没被送回自己那间舒适的特等舱，而是被扔进一间不同的舱室，它狭小得多。在这里，我们找到了尼德·兰。他看起来非常虚弱，饥肠辘辘。他的脸上挨过打，衣服也被扯破了。

"你们今天过得如何？"他问。

八

那晚我们时梦时醒，讨论逃跑的方法和时机。我们知道自己非得逃跑不可。尼摩非常聪明，那不用说，但他也是个疯子，我们不再相信他，担心他行动捉摸不定，也不再对我们——甚至对皮埃尔叔叔——以礼相待。尼德一如既往，一有机会就想攻击船员，尽量迅猛地破门而出，但皮埃尔叔叔说服他相信我们需要等待恰当的时机。

"我们必须立即行动。"尼德说。

"我们必须谨慎行动。"皮埃尔反对道。

在我叔叔和尼德睡着之后，我却久久无法进入梦乡，思索着尼摩和他看待世界的方式。他肯定不是第一个打着伟大事业的旗号来为其以暴制暴行为辩护的人。在整个人类历史上，人们都以这样那样的名义或想法发动战争，那些支持此类想法的人都对自己的道德优越性坚信无疑，但矛盾和伪善一直都与大多数或所有此类战争贩子如影随形。尼摩想摧毁商业性渔业，但他自己也捕杀鱼类；他抱怨人类给海豚和鲨鱼带来不必要的死亡，但他自己也杀海豚和鲨鱼来吃；而且他也承认人类有权杀死海洋的馈赠来食用——只是不能竭泽而渔。如果人类做得太过分，他就会以他们杀戮海洋动物的方式，对他们不加区分地屠杀，以此控制人类的行为。整个晚上，我都在翻来覆去地考虑这个问题，老实说我并没想出什么眉目来。真的有什么想法纯粹得足以为针对无辜者的暴力辩护吗？这似乎不大可能。

正当我觉得自己已经绞尽脑汁，而且很快就要沉沉入睡时，我忽然听见"鹦鹉螺号"外传来一声剧烈的爆炸。我透过舷窗往外看，意识到我们已经浮上海面，而且正在遭受攻击。皮埃尔叔叔和尼德也被爆炸声惊醒，我们全都朝舷窗外望去。

我看到了攻击者，似乎是一艘大型的工厂式养殖渔船，它能捕捉数量多得难以置信的鱼，然后在海上将它们洗净、包装好。这些船出海一次就能捕捉和处理数百吨的鱼，而且常常用长达一英里的渔网从海床上刮过，将海底的珊瑚和所有其他东西一扫而尽。正当我望着那艘船时，我看见它的船首冒起一股烟。我对此不以为意，直到数秒钟之后"鹦鹉螺号"上响起又一声爆炸。那艘渔船正在用重型炮弹朝我们射击。显然它不单单是一艘工厂式养殖渔船，而且也装备了大炮。

就在这时，我们的舱门一下子被打开了。走进来的是尼摩。他满眼的疯狂。

"看到没？他们在攻击我们！"他咆哮道，"跟我来！"

他让舱门开着，叫我们跟着他来到舰桥上。皮埃尔叔叔和我可以自由行动，尼德则由两名船员押着。

来到控制室，我们看到十来名船员正在调整战位。这是一套我见过的最先进的装置，由各种电脑、屏幕和指示灯组成，比我在科幻电影里看到的还要精彩。

73

又一声爆炸震撼着"鹦鹉螺号",灯光暂时变暗。我看着尼摩,在那一瞬间,他露出惊讶的表情,然后就紧咬牙关,脸上浮现出几丝讥笑。

"下潜至水下三十米。"他命令。

"你想做什么?"皮埃尔叔叔问他。

"我计划弄沉那艘船。"尼摩说。

"但你可以轻而易举地摆脱它。"

"那又如何?"

"如果你把它弄沉,肯定会杀死一些人。何不一逃了之?"

尼摩看着皮埃尔叔叔,就仿佛皮埃尔失去了理智。

"是他们先攻击我们的,教授!"

"不过是你迫使他们攻击的!是你导致了这一切!"

"你希望我临阵脱逃?我们在为海洋的生存而战,我绝不会临阵脱逃。"

正在这时,一名船员朝我们走来。"先生,我们已经锁定那条船。"

"尽情攻击。"尼摩说。

"你不能这么做!"皮埃尔叔叔大叫起来。

尼摩转身走开了。"我能够而且乐意这么做。全速前进。"

"鹦鹉螺号"加大冲力——可怕的冲力——直接朝那条船冲去。我们的速度太快，对方根本没时间重新校准自己的大炮。几秒钟后我们就逼到它近旁了。

"你到底想干吗？"尼德大吼道。

但在我看来，一切都显而易见：尼摩会猛撞这条船，就像它对付"林肯号"一样，就像他对待自己弄沉的另外一打船只一样。他似乎完全疯掉了。当然了，像尼摩这样的人，作为一个科学巨擘，能够设计出击沉任何船只的鱼雷。但他没有这样做，而是选择用一种类似于人造独角鲸角的东西——就像一支巨大的长矛——来攻击它们，就好像这是一场中世纪的比武！几秒钟后我们就逼近那艘船了，尽管我祈祷"鹦鹉螺号"减慢速度，但它却只是不断加速。这是我一生中最可怕的几秒钟，因为我知道我们将随时与那艘船相撞。

"你这个傻瓜！"尼德吼叫着，再次试图扑向尼摩。一名船员举起一根棍子敲了一下尼德的头。他像一只木偶那样倒在地上。

"鹦鹉螺号"仍在加速。

"继续!"尼摩用尖厉的声音叫道。船员们全都把自己绑在椅子上。他们有经验。

但我们没有,我们没绑任何安全带。撞击造成的冲力非常可怕。尼德和我飞过房间,撞到墙上。这条船似乎摇晃了好几分钟。灯光闪烁,各种机器呻吟着,发出"吱吱嘎嘎"的声音。等它停止摇晃后,我的头骨依旧"隆隆"直响,我被撞掉了至少三颗牙齿。我把牙齿吐出来,满嘴的血腥味。我抬起头,看到皮埃尔叔叔也受了类似的伤,而尼德仍然昏迷不醒。

但尼摩却岿然不动,满眼欣喜地望着这次攻击造成的结果。"鹦鹉螺号"很快后退,它已经完成这次破坏,到一旁观看那艘船慢慢沉没。

我们的受害者已经断成两截,一分为二。那条船的各个部位响起接连不断的剧烈爆炸声。船上的人四散奔逃,想抓住救生艇,想帮助那些在撞击中受伤的人。但对很多人来说,一切都已太晚。海面上漂着一具具尸体。

"靠近一点,下潜。"尼摩下令。

很快,我们就来到距船体残骸不到二百码的地方。显而易见,尼摩想看着它沉入海底。他很快就如愿以偿。我们看见船的前半截倾斜并栽入海里，然后慢慢被海水淹没。它就像块石头一样在我们的窗前坠落，船的出口挤满一张张尖叫的面孔。接着，几秒钟之后，船的后半截也沉没了——这次更快，仿佛被一股无形的力量拉向海底。残骸的四周到处是人、人的残肢断体、人的工具，它们全都消失在幽暗的海底。然后，我们看到一张渔网——它或许会让尼摩觉得自己所做的一切都是正义之举——从坠落的残骸中出现，它不久前才被渔业工人拉出来。现在网打开了，成千上万的鱼儿获得了自由。大多数鱼已经死去，但少数还活着，它们游了出来，冲向四面八方，来自水面的光线照得它们银光闪闪，那效果就像在海里燃放焰火。

"鹦鹉螺号"再次浮出水面时，我们看见海面上漂浮着一大片的残骸——各种各样来自这条船且能够漂浮的东西，有板条箱、轮胎、小地毯，甚至还有一个塑料浴缸。我们看到六条大型救生艇，上面坐满了人。据我估计，有二十人在这次攻击中丧生，活下来的有六十人。

"如果你攻击那些救生艇，"皮埃尔叔叔说，"那么我发誓会跟你对抗到死。你已经失去所有活着的意义，先生。你

不再是人，你是个蛮族。你是头冷漠的野兽。你没有荣誉，没有尊严。你说你是科学家，但你根本不是。你是个非利士人。你是个穴居人，受愤怒和本能冲动控制。"

尼摩转过身去，一动不动地瞪着他，目光闪烁不定，然后他扬长而去。他扭头下了最后一道命令："向正北方航行。"接着便走进自己的船舱不见了。

那些救生艇被抛在了后面，但愿上面的人能够活下来。但那天死掉的人太多，事情变得越来越明了：必须阻止尼摩，而且立刻就得行动。

九

我们再次被锁进自己的船舱，接下来的几天我们都一直待在里面。大多数时候，这条船都在水下，我们根本不可能弄清时间过去了多久。很快，我们也弄不清自己身在何处了。

与此同时，船上的活动似乎已经减缓。第一天，像往常那样，有人给我们送来三餐；但第二天只给我们送了一餐；第三天，什么都没送。我们的船舱外面和顶上过去一直有人忙碌，如今却被奇怪的寂静所取代。

"我们必须出去，而且得快点。"尼德·兰说。自从我们乘坐"亚伯拉罕·林肯号"离开布鲁克林以来，我叔叔第一次对他的意见表示赞成。

我们计划逃出船舱并进入一条备用船。行动时间就是当晚，等我们觉得大多数船员都已入睡之后。

尼德扯掉了环绕舱室的线缆，房间陷入黑暗。他用刀子对门锁实施了无情的外科手术，直到它一下子弹开。我们自由了，但并非彻底自由。在找到那条小船之前，我们还要越过很多障碍，而且从"鹦鹉螺号"上放下那条小船也需要大费周章。

我们蹑手蹑脚地顺着走廊走去，很快就听到一种古怪的呜咽声，就像一头巨兽在作垂死挣扎。我们逐渐靠近，发现那声音是从图书馆传出来的，而且发出声音的并非动物，而是人。是尼摩船长在弹那架管风琴，用哀号般的声音，演奏出一段可怕而陌生的旋律。这个声音令人毛骨悚然，我不由自主地发出焦虑的叫声。皮埃尔叔叔转过身，要求我保持安静。然后他把我向前轻轻推去，因为我的个头最小，所以我最先窥见里面。尼摩就在那里，弹着管风琴，沉浸在悲伤之中。他动作狂乱，就仿佛他喝得酩酊大醉或者彻底绝望了一般。他的旁边放着一幅画，上面画着一个女人和一个孩子，镶在一个小画框里。那女人端庄优雅，露出温和而自信的微笑。坐在她膝上的男孩大约七岁，黑头发，眼睛明亮。他看起来很像尼摩。我正在脑子里把所有这些线索联系起来——是某种超越海洋生存的东西让尼摩陷入这种状态——这时"鹦鹉螺号"突然剧烈地摇晃起来，将我们三人一下子抛过图书馆的门口。

我们继续顺着走廊移动，我注意到叔叔在图书馆门外停顿了片刻。我知道他在想尼摩搜集的所有书籍、艺术品和工具，这些藏品都是不可取代的无价之宝。它们会落得什么下场？这艘船是由一个疯子指挥的，因此它有可能会葬身海底。但这样的事情已经在历史上发生过无数次——某个人的愤怒会吞噬人类数世纪积累的进步和美好事物。尼摩失去了自己的家人，是怎样失去的我们无从得知，但这显然是他的大部分或全部动机，是他愤怒和对他人痛苦无动于衷的根源。现在，他已经从愤怒变成悲痛欲绝。除了逃跑，我们似乎什么都做不了。

我们继续往前赶。要到达这条船的顶部，我们必须爬上三层环形楼梯，而它靠近船的指挥中心，位置险要。我们知道自己别无选择，只能尽快爬上去。按照计划，由我打头，皮埃尔叔叔跟在我后面，尼德殿后。不用说，如果尼德需要转身击退船员，他显然准备牺牲自己的生命让我们获救。正是在那一刻，我才明白过来，跟一个人的行为相比，其风度毫无意义。尼德脾气恶劣，喜怒无常，通常都不招人喜欢，但他是我见过的最勇敢、最可敬的人。

我们开始爬楼梯，我刚迈出第一步，就听到金属咯吱作响的声音。那一声几乎震耳欲聋。我的脚步似乎不可能弄出这么大的动静。当时我以为我们会被抓住。要爬到上面，至少还有五十级楼梯，不等我们爬远，全体船员都会听到我们的响动。不过，当我们全都一动不动地站着时，金属扭折的声音又接二连三地传来。

　　我们面面相觑，大惊失色。但接着，我在皮埃尔叔叔脸上看出他明白发生了什么。

　　"是挪威大漩涡！"他低声说。

　　恰在这时，仿佛船上的水手也想到同样的事情。"大漩涡！"他们吼叫着。"鹦鹉螺号"上的所有船员全都大喊起来："大漩涡！""大漩涡！""大漩涡！"

　　"快走！"尼德对我说，我飞快地爬上楼梯。

几秒钟后，我们就爬到楼梯顶部，朝那条救生艇冲去。它很小，刚好容得下我们仨——尼摩从未想到从这艘船上弃船逃生。救生艇固定在一个封闭的小空间里，就像鱼雷发射管。到达那里时，我们可以肯定没人听到我们的声音。

"我们现在肯定位于挪威海岸附近。"皮埃尔叔叔说，"那里有个巨大的漩涡，就像大海中一个旋转的黑洞，我们肯定离它很近。"

"那就是挪威大漩涡？"我问。

"那就是挪威大漩涡。"皮埃尔说。

"该死！"尼德一边解开那些固定救生艇的带子，一边咕哝道，"只有从漩涡里穿过，否则根本无法从里面逃出来。"

　　皮埃尔叔叔久久地注视着我，就仿佛他知道我们的生存机会十分渺茫，就仿佛他想说对不起、祝你走运和我爱你，而且是同时说出这几句话。但他什么都没说。

　　"我们走吧！"尼德说。小船被放了下来。我们从"鹦鹉螺号"上飞射而出，进入茫茫大海。眼前的景象虽然只持续了几秒钟，却令我终生难忘。正如皮埃尔叔叔所说——那是一个飞旋的巨大漩涡。海水如黑曜石般，闪烁着黑夜的幽蓝，水沫四射，水流旋转，就像颠倒的水龙卷。我看到了它吞噬的一切——其他船只的碎片、码头、沙子、鱼，甚至还有一条灰鲸，它从水里抬起头，仿佛在向谁求救。这是我见过的最可怕的景象，所有那些船只和海洋动物都被卷了进去，沉入海底。

就在这时，什么东西击中我的后脑勺，我失去知觉。

尾 声

你或许以为我会死。我也这么想！但我没死。

我在一所小房子的地板上醒来，旁边是熊熊燃烧的炉火。我想抬抬头，可是头痛欲裂。我的脑袋再次垂到地上。

我身旁的椅子上坐着皮埃尔叔叔和一个老人，很快我就得知他是一名渔夫，也是这所房子的房主。

皮埃尔叔叔迎着我的目光问道："你醒了吗，康？"

我点点头。

"这是渔夫埃里克。"他朝那老人点点头，"他发现我们抓着那条小船的一块碎片漂在水面上，就把我们救下来带到这里。"

我仰头看看那位老人，想对他点头致谢。但这项任务对我来说太过艰巨，我再次晕了过去。

我们在埃里克家待了四五天，睡觉休息，吃某种鲱鱼汤，身体渐渐复原。我们逐渐回忆起自己遭遇的点点滴滴，为我们能活下来感到惊讶，也想知道尼德·兰的情况。经过两天的休息和康复，我们在无线电上听到新闻，说找到一个抓住一块船体残骸的人。他被冲上格陵兰岛海岸。据报道，他"红头发，身材魁梧，一直在断断续续地说胡话"。我们知道那是尼德·兰，很高兴他幸免于难，不过我们从未对此真正产生任何疑虑。这家伙坚不可摧。

等皮埃尔叔叔和我身体康复到能够起床四处走动后，我们安排好了被带到奥斯陆，从那里飞回了纽约。在纽约，皮埃尔叔叔和我花了一个星期，同形形色色的人谈话，从美国国务院到联合国乃至中情局。每个人都想知道我们看到了什么，不过，当我们说出真相时，却无人相信。我们跟他们说起尼摩船长，在我们认识的人当中，他是最聪明、最凶暴的一个。我们跟他们说起"鹦鹉螺号"，它是人类史上最先进、最精巧的舰船。但他们根本不明白我们在说什么，我们也无法证明自己的说法。"鹦鹉螺号"很可能已经在挪威大漩涡中被吞噬，没人找到它的踪迹。事实上，它从此踪迹全无，再没人找到它。因此，每次世界上某个地方有船只沉没，我们都会怀疑：这是某个可怕的海怪造成的吗？对于那种能够造成如此浩劫的动物，我们能够理解其大脑吗？此类悲剧是否会重演？

而我知道答案是肯定的。

谨以此书献给贝尔和阿德莱达。

94

这个故事从何而来

儒勒·凡尔纳是一位法国作家，生于1828年，逝于1905年。他被视为科幻小说的鼻祖。他还写了《地心游记》和《八十天环游地球》。

《海底两万里》是他创作的一部不可思议的杰作。他写这本书时，潜艇尚未真正出现。虽然有若干原型样品，但还没有投入实际使用的模型。因此，他在原书中想象的一切都非常超前。他对科学有浓厚的兴趣，而且能够将这种兴趣与高超的叙事技巧结合起来，创作出种种惊心动魄的冒险，来让读者了解科学进步和未知世界。因为如上的种种原因，他成为世界上最著名且读者最多的作家之一。

数十年来，我一直酷爱《海底两万里》，因此，当我受邀改写一个著名的故事时，我很清楚自己想做什么。我会改编凡尔纳这部经典的海底历险记，不过——我想自己这

么做是非常明智的 —— 我会从那只巨型乌贼的角度讲述这个故事。

问题是，在《海底两万里》中根本没有巨型乌贼。就像很多经典故事和传说一样，很多人忘掉了凡尔纳这个故事的精髓所在。每次我告诉别人说我要改编《海底两万里》，他们都会说：哦，那只巨型乌贼可把我吓坏了！

某些故事会有这样的遭遇 —— 随着时间的流逝，我们会忘掉它，歪曲它，颠倒它。我们对玛丽·雪莱的《弗兰肯斯坦》也是同样。我们忘记了作为该书核心的那位医生兼发明家才叫弗兰肯斯坦，而他的创造物是没有名字的。我们忘记了那本书讲述的是弗兰肯斯坦医生创造出那个扭曲怪物的动机及其背后隐藏的含义，而非那个怪物本身。

因此，当我重读《海底两万里》时，我重新领会到这本书真正的主旨——它讲的不是人与乌贼的争斗。那么它讲述的到底是什么呢？嗯，我希望自己在下面这个改编版中抓住了它的精髓。

关于这个版本，我并不打算让它成为凡尔纳那本小说的权威浓缩版，它只是我个人对该书的独特理解。而且它的篇幅比原著短得多。原版大约有四百页，这个版本只相当于它的零头。我只希望这个以现代为背景的缩写本能让读者一窥原作的风貌，吸引他们去阅读凡尔纳那本举世无双的经典之作。

D.E.

留 住 故 事

本书作者与出版单位

戴夫·艾格斯写过多本适合成年人阅读的书,也写过少数适合孩子阅读的书,其中包括《野兽国》(*The Wild Things*)。他是青少年写作、培训与出版网络826全国中心(826 National)的创立者之一,并于2010年在伦敦东区开办了它的姐妹机构——故事部(The Ministry of Stories)。

费比恩·奈格林1963年出生于阿根廷,从十五岁开始每天作画,有时整天都画个不停。他在二十多年前来到意大利,目前已为大约100本欧、亚、美洲童书绘制插图和编写故事。他有一个儿子,如今生活在米兰。

"留住故事"系列丛书就像一艘救生艇，专门拯救那些近千年来即将被历史长河淹没的文学故事。就像这本书一样，只要带有 ⬤ 标志，就说明这个故事已面临被遗忘的危机。

霍尔顿学院1994年诞生于意大利都灵，以"与众不同"为建院宗旨。这座学院就像一个到处都是房间、书籍和咖啡的家庭。在这里人们研究的东西叫"说书"，也就是用图书、电影、电视、戏剧、漫画等一切可以想到的表达方式来讲故事的诀窍，目前成果斐然。

共和国图书馆—艾斯布雷索出版社出版的书包罗万象，内容丰富多彩。日复一日，年复一年，这一书系已走入了意大利的千家万户。不计其数的小说、戏剧、散文和诗歌汇成了千百套形形色色的丛书赫然陈列在新老读者的书架之上。

留 住 故 事

文
景

Horizon

社 科 新 知　　文 艺 新 潮

尼摩船长的故事

[美 国] 戴夫·艾格斯 讲述　[阿根廷] 费比恩·奈格林 插图　焦晓菊 译

出 品 人：姚映然
责任编辑：李晓爽　王　玲
装帧设计：陆智昌
美术编辑：高　熹

出　　　品：北京世纪文景文化传播有限责任公司
　　　　　　（北京朝阳区东土城路8号林达大厦A座4A　100013）
出版发行：上海世纪出版股份有限公司
印　　　刷：北京汇瑞嘉合文化发展有限公司

开 本：850mm×1092mm　1 / 16
印 张：6.5　　插 页：2　　字 数：44,000
2016年6月第1版　　2016年6月第1次印刷
定 价：59.00元
ISBN：978-7-208-13781-3 / I·1530

图书在版编目（CIP）数据

尼摩船长的故事 / (美) 艾格斯 (Eggers,D.) 讲述；
(阿) 奈格林 (Negrin,F.) 插图；焦晓菊译. -- 上海：
上海人民出版社, 2016
(Save the Story)
书名原文: The Story of CAPTAIN NEMO
ISBN 978-7-208-13781-3

Ⅰ.①尼… Ⅱ.①艾… ②奈… ③焦… Ⅲ.①儿童文
学－图画故事－美国－现代 Ⅳ.①I712.85

中国版本图书馆CIP数据核字(2016)第096805号

本书如有印装错误，请致电本社更换　010-52187586